길에서 만난 나무늘보

길에서 만난 나무늘보

김민 시집

민음의 시 143

민음사

自序

가슴 속 검푸른 저수지에서 목어(木魚)를 낚았습니다
배를 갈라 보니 카르마를 잔뜩 배고 있었습니다
알을 끄집어내고 처마 밑에 매달아 두었습니다
잘 말랐나 하고 공양주 보살이 만져 보고 갑니다

2007년 10월

김민

차례

자화상 1

노을이 갈대 사이로 흘렀네 내 굽은 손으로는 뭘 뿌려야 하나

자화상 2

난수표를 풀어야 나를 읽을 수 있다니

자화상 3

집어등 켜지는 시간 삐쩍 마른 오른손 탄불에 구워 들고 한 잔

자화상 4

죽음을 주우러 다니는 넝마주이

자화상 5

아유, 이거 손 좀 많이 봐야 되겠는데요

자벌레

어떤 보이지 않는 눈에 우리 또한 아름다울 수 있을까

나는 히키코모리

크리스털 컵에는 빙하기 마지막 별 한 모금

쇼핑

새것으로 사고 싶었네 나를, 너를

겨울비

그래도 나는 눈사람

만취

자아와의 접속 시도 중 비밀 번호 오류 무한 반복

밤길

백조자리를 생각하자니 나는 거위처럼 살아왔구나

묘비명

내 이름에도 돌이끼 낄까

마을 입구 상여 떠날 줄 모르고

내 발목도 이제 그만 놓아주시게

전생

미풍에도 휘청거리는 걸 보니 아무래도 나는 허수아비였던 모양

다시 태어난다면

내 탯줄에서 나팔꽃들이 피어날까

하회 삼신당 느티나무

이보시게, 자네는 정말이지 멋지게 뒤틀렸군 그래

향일암

언제쯤에나 동자상 희미한 눈매나마 닮을까

하루살이

나나 재나 날갯짓만 요란하다니까

흑백사진

그 속에선 내 오랜 철없음도 바래기를

과자 봉다리

푸른곰팡이 슨 옛날을 지금도 할머니께서 꾸물꾸물 건네주십니다

옥수수 삶는 냄새

어머니의 유년과 나의 어린 날이 겹쳐지는 오솔길

발자국

왜 당신은 이곳에 서 있는 거요

거울

언뜻 내 눈가에 달무리 어립니다

만화경

나의 뒤 어머니 뒤 할머니 뒤 가을 뒤의 나

별똥별 떨어지는 밤에 개 짖다

나를 내려놓는 소리는 언제나 둔탁했다

에필로그

누가 자꾸만 텅 빈 나의 맨 뒷장을 찢어 가는 걸까

서울역에서 노숙하다

접히고 접힌 나를 펼쳐 보니 고분 속 벽화 같은 하늘

창문

이제껏 저 너머를 바라본 적이 없었네

바지랑대 끝 잠자리 앉았다 떠나네

마당 가득한 떨림

제비갈매기

하늘 한끝 잡아 마음에 획을 긋다

늦잠

악몽에서 깨어나니 양철 지붕마다 금빛 햇살

착각

그대 떠나가는 모습 거울에 비춰 보면 다가오는 듯 보일까

길에서 만난 나무늘보

어긋난 셔츠 단추 바로 꿰려면 또 한참

담장 밖

개나리 눈 터도 나만이 이 왁자지껄한 봄볕과 멀고 멀구나

이명

끓는 노을에 몸 던지는 까마귀 한 마리 울다

모래벌판 돌아 나오니 붉은 깃발을 든 역무원이
반가이 묻다 어디서부터 타고 왔냐고

하늘역에 눈 내리다

굼벵이

창호지 문창살 그림자가 등짝에 붙어 버렸다 슬슬 우화(羽化)해 볼거나

봄바람 불어도

나에게는 소쩍새 우는 동안만 봄이었다

냉이 꽃

이곳은 우주 귀퉁이 그리고 또 한복판

까치

배고픔 쪼는 곳마다 설경이었네

꽃밭

옛 동요 따 오며 나비 날개를 꿈에 놔두고 오다

발자국

당신은 왜 이곳에 서 있는 거요

등꽃 향기

방금 발라 놓은 창호지 돌아서자마자 누가 또 뚫어 놓은 거람

만장 쓰러지듯 스러지듯

산, 산으로, 먼 산으로, 먼먼 산으로, 검은 산으로, 허공으로, 빼꾹

미루나무

비질 마치니 가을 하늘에 새털구름 납니다

아버지

마음의 그물을 손질하시는 위로 검은 빗줄기

어머니

태양에 담그시는 손 있으니

저녁연기

따악 따악 딱 따다다다 도마를 부엌의 목탁이라 부른다면

유성우

개미들이 별빛 하나씩 물고 양지바른 들로 옮기고 있었다

집으로 가는 길

카르마의 힘으로 돌아오는 연어들

신기루

낙타 등에서 그대를 끄집어내고 있는 나

양팔 저울

왼손에는 검은 비닐봉지 오른손엔 언제나 하늘

운주사 천년와불

햇살 하나 도솔천에 던져지면 파문 따라 피어날 연꽃이여

황룡사지

금당 터에서 귀 바짝 세우고 걸터앉아 있었지 아누비스의 환영(幻影)처럼

쌍계사 벚꽃길

저어기 소실점 이르러 미륵 안 계신들 어떠리

직지사 우체국

긴 나무 의자 구석 빛바랜 바랑

초를 켜다

천 개의 손과 천 개의 눈을 가진 대비관음보살의 춤

밤마을

밤에는 종종 허수아비가 사람을 쫓아내기도 합니다

마음의 감옥

갈비뼈가 철창으로 질러지는 소리 겨울 산까지 터엉터
엉 울렸습니다

재두루미 떼

먼 하늘 길, 저 줄 중간쯤에 끼어 간다면 조금은 손이 덜 떨리리

네트워크

흰긴수염고래 지나간 물결 따라 내 가슴에도 금이 가네

고향 꿈

뒤꿈치 꺾인 고무신 속 서걱서걱 모래 같은 한철 과꽃
꿈

만원 버스

신발이 외짝이신 마음의 발등을 또 밟다니

지게꾼

오래도록 지고 있던 하늘 더 이상 버틸 수 없어 가만
내려놓았다

발자국

당신은 이곳에 왜 서 있는 거요

영정중월(詠井中月)

그 우물에 도르래 여직 달렸던들 이 봄날에 사막을 길어 올리진 않았으리

경칩

내가 잠에 묻혀 있을 동안 모든 계절이 꿈으로 지나갔
네 마당에는 진눈깨비

사막

낙타들 거울 모서리에 걸려 있는 그림자를 뜯어 먹고

프롤로그

설익은 글들이 마음 아래로 푸슬푸슬 흩어진다 에라,
이 밥통아

노란 꽃 피거든 앞산으로 옮겨 주세요

멍든 꽃 줍거든 가슴에 심을까요

이 취기마저 없었다면

나는 어쩌면 광대버섯이거나 며느리밑씻개쯤으로 돋아나고 있을지도

백동백

눈발 뚝 뚝, 신발 한 짝 어디다 흘리고 온 거람

소묘

밥 뜸 냄새 따라 고추 멍석 깔린 어스름 건너 간간이
개 짖는 소리

두물머리

물결나비 앉는 자리 노을도 물드는 자리 저물녘 내 기다림의 자리

어느 곳

내가 디딘 자리로만 민들레 천지 사방 날아

이삭 줍기

어디부터 손대야 할지 바라만 보네 추수 끝난 들녘 까마귀

건망증

당신도 슬픔조차 잊을 때가 있습니까?

사팔뜨기

눈물 두 줄기는 네 줄기, 웃음소리는 온 하늘 그득히 보이네

한편에는 꼬리 잘린 가오리연

하늘에 그물 던져 나를 건지다

가을

연밥에 넣어 뒀습니다 나중에 열어 보시길

인디언식 이름 지어 보기

심장에 어혈

서울

시멘트로 천 겹 만 겹 접었다 펼쳐 놓은 데칼코마니

발자국

당신은 이곳에 서 있는 거요 왜

시월

늙은 벚나무 밑둥치 화사(花蛇) 눈가에도 주름

적막

거미 한 마리조차 오지 않는 이 해질녘

불면증

지난밤 사이 모두 커 버렸다 달마저도

■ 작품 해설 ■

시의 거울에 비친 맑고 깊은 잠언들

김종회

1 새로운 시, 새로운 시인과의 만남

모두 86편의 1행시로 된 김민의 시집을 인쇄 전에 읽은 느낌은, 문득 더위를 걷어 가는 가을 바람처럼 시원하고 신선한 것이었다. 소리를 두고 말하라면, 어느 정갈하고 고요한 길목에서 청량한 방울 소리를 듣는 듯한 것이었다. 지금껏 우리 문학에서 이런 시적 유형과 면모를 볼 수 없었기도 하거니와, 더 중요한 것은 이 새로운 실험적 시도가 그 내면을 충실하고 탄탄하게 가꾸어 놓은 수준이었기에 그러했다.

여기 김민의 시들은 의도적이건 그렇지 않건 간에 모두가 한 행으로 되어 있고, 시의 제목이 두 행으로 되어 있을지언정 시는 한 행을 넘지 않는다. 왜 그러한가를 되묻자면 여러 답변이 주어질 수 있겠으되, 시인이 그 한 행의 문장에 극도로 축약되고 절제된 생각을 담으려 했다는 설명은 생략될 수 없겠다. 이는 일종의 극약 처방에 해당한다. 시인 스스로 사변(辭辯)을 버린 지점, 그 내부에 들끓는 다변(多辯)의 유혹을 물리친 지점에 섰을 때에야 발화 가능한 시적 형식일 터이기 때문이다.

우리는 일찍이 이와 유사한 시적 발화 형태를 일본의 하이쿠〔俳句〕에서 익숙하게 보아 왔다. 일본 중세 이후의 조렝카〔長連歌〕가 15세기 말부터 정통 렝카〔正統連歌〕와 비속골계의 하이카렝카〔俳諧連歌〕로 나뉘고, 이 중 하이카렝카가 에도 시대의 마쓰오 바쇼〔松尾芭蕉〕와 더불어 크게 유행하였다. 이 시가 형식의 제1구(句)를 홋구〔發句〕라 한 것을, 메이지 시대에 이르러 마사오카 시키〔正岡子規〕가 하이쿠라 이름 하였다는 사실은 이미 널리 알려졌다. 극도로 응축된 언어로 대상의 기미(機微)를 제유법적으로 표현하는 하이쿠는, 와카〔和歌〕와 함께 일본 시가 문학의 주요한 장르를 이루고 있다.

일본의 하이쿠는 시적 발화자의 개별적 의식, 그것도 극단적으로 압축된 개인의 세계 인식이 어떤 미학적 가치를 형성하며, 읽는 이에게 어떤 정서적 감응을 촉발할 수 있는가에 중점을 뒀다. 그 발화자의 시간적 공간적 환경과 시의 독자가 가진 수용력이 최소한의 언어를 매개로

소통되는 문학적 행위로 하이쿠는 존재한다. 여기 이 시집에서 김민이 써 온 시와 그것의 존재 양식이 하이쿠를 닮았다는 것은, 그러기에 복잡한 비교론을 필요로 하지는 않는다.

우리가 여기서 새롭게 만나는 시인 김민은 김수영 시인의 친조카이며 뇌성마비 장애인이다. 그의 시가, 자신을 에워싼 세계 및 우주와 교감하는 소중한 통로로 기능한다는 것을 미루어 짐작할 수 있다. 그러나 그의 시들 가운데에는, 그러한 특정 현실들을 시의 문면을 통해 인지할 수 있는 정보가 포함되어 있지 않다. 시인이 그것을 굳이 드러내지 않은 것은, 그의 시적 승부수가 시의 외적 조건과 상관없이 시 자체의 내포적 진실에 걸려 있다는 점을 말해 준다.

시집을 통독하면서 우리는 그의 그와 같은 의도에 동의하는 데 전혀 주저할 이유가 없음을 알게 된다. 기실 장애인 문학이란 심신의 장애를 가진 창작자가 생산한 문학이거나 장애의 문제를 중심 주제로 한 문학 등 그 의미의 범주가 넓은 편이다. 전자의 경우에는 창작자의 상황이 열악할수록 자신의 내면을 외부 세계와 연계하려는 의욕이 더욱 강렬하고, 그것이 일정한 수준의 예술성을 확보하면 그 집중력으로 인하여 독자와의 교감이 한결 더 쉽게 증폭될 수 있다.

김민의 이 시집 또한 그러한 측면의 장점이 없지 않으

나, 시인 자신이 그것을 부질없어 해도 좋을 만큼 충분한 미학적 성취를 이루었다. 기실 이렇게 정돈된 언사를 꾸려 두기는 쉬워도, 그러한 시적 성취의 지평을 개척하기까지 이 시인이 겪어야 했던 오랜 자기 연마와 끈기의 실천은 타자로서는 알기 쉬울 턱이 없다. 그런 점에서 삶의 역경 속에서 잘 단련된 그의 시, 그리고 그 인내의 시편들을 이제 세상에 펼쳐 놓을 이 시인에게 마음으로부터 경의를 표한다.

2 시적 사유의 깊이, 그 자기 검증의 여러 변주

김민의 단시 86편을 단숨에 읽어 내려갈 수 있을 것이라는 당초의 기대는 큰 오산이었다. 그럴 수가 없었다. 시가 짧아 모두가 한 행인 만큼 물리적 통독에 시간이 걸릴 리는 없는 것이었다. 아, 그런데 그 각기의 한 행에 담긴 의미의 분광(分光)들이 만만찮은 저력으로, 바삐 움직이려는 독해의 발목에 감겼다. 그런즉 그 자리에 멈추어 눈앞에 마주한 시의 의미망을 한 편씩 들추어 보고 곱씹어 보자니, 인간도처유청산(人間到處有青山)이라는 말이 바로 그 말이었다.

그의 시를 읽는 내내 놀라웠고 한편으로는 부끄러웠다. 그 몸의 장애가 무거운 아직 젊은 한 시인이 이토록 세미

하고 정치하게, 수준 있는 세계 해석의 혜안을 담아낼 수 있음을 목도할 때 놀라는 것도 당연한 일이었다. 동시에 지천명을 넘긴 세월에 아직도 세상의 명리를 좇아 허덕이며 살아가는 필자 자신의 모습이 되비쳐, 얼굴이 뜨겁고 부끄러운 것 또한 당연한 일이었다. 어떤 방법으로든 이 시인에게 불필요한 찬사를 늘어놓을 의사가 없는 터이기에, 이 고백은 있는 그대로의 고백이다.

일찍이 윤오영의 「양잠설」이라는 수필을 읽고, '수필을 이렇게 쓸 수도 있는 것이로구나.' 하고 감탄했던 기억이 있다. 그저 수필은 가볍고 평이한 읽을거리라고 손쉽게 판단했던 그 무식을 내던지게 해 준 것이 선생의 수필 한 편이었다. 누에를 치는, 누에가 애벌레에서 고치에까지 이르는 전 과정을 문장 수련의 과정에 비유한 선생은 양잠가에게 문장론을 배웠다고 적었다. 필자는 윤오영 선생의 그 양잠설 문장론을 따라 배우며, 그와 함께 좋은 수필의 깊고 진진한 의미에 대해 눈을 뜨기 시작했던 것이다. 그런데 여기 이 자리에서, 아직 젊고 이제 시작이지만 참으로 따라 배울 만한 시적 내면의 깊이와 그 의미의 현현(顯現)을 간직한 시인 한 사람을 만나게 되었다. 이 상쾌한 기쁨이 필자만의 것일 수 없다.

김민의 짧은 시편들에는 무엇보다도 세상살이의 이치나 그것의 본질을 보는 눈이 살아 있다. 그가 관심을 가진 대목은 자연의 아름다움이나 인간성의 순수함과 같은 외형적 차원의 문제가 아니다. 우리들 가슴 밑바닥 가장 깊은 곳, 그리고 우리들 머리 한복판 가장 깊은 곳에 무슨 상징물처럼 남은 의미의 정화(精華)를 추출하는 것이 그의 지속적인 표적이다.

1) 노을이 갈대 사이로 흘렀네 내 굽은 손으로는 뭘 뿌려야 하나

—「자화상 1」 전문

2) 난수표를 풀어야 나를 읽을 수 있다니

—「자화상 2」 전문

3) 집어등 켜지는 시간 삐쩍 마른 오른손 탄불에 구워 들고 한 잔

—「자화상 3」 전문

4) 죽음을 주우러 다니는 넝마주이

—「자화상 4」 전문

5) 아유, 이거 손 좀 많이 봐야 되겠는데요

—「자화상 5」 전문

위에서 예시한 시 다섯 편은 그가 「자화상」이라는 제목

을 붙여 쓴 것을 순서대로 나열한 것이다. 시인은 끊임없이 자신을 시적 대상물의 시간적 공간적 상황, 그리고 그 상황이 유발하는 이미지에 대입하거나 동일시하는 시도를 감행한다. 노을이 갈대 사이로 흘렀을 때 자신의 손으로 뭔가를 뿌려야 하고, 야간에 고기 잡는 집어등이 켜질 때는 그 오른손, 곧 자신의 존재 자아를 탄불에 구운 안주 삼아 술잔을 든다. 그의 자화상은 이름 붙일 수 없는 그 무엇이면서 지금 자신의 눈 앞에 있는 가장 절실하고 확고한 실체다. 이를테면 그는, 우회적 접근이나 에둘러 말하기 없이 자신의 정체성을 포함한 사태의 본질에 직접적으로 육박하기를 원한다.

그는 거기에 여러 가지 호명을 부여한다. 그 자화상은 난수표처럼 얽혀 있거나 죽음을 주우러 다니는 넝마주이거나, 아니면 손 좀 많이 봐야 하는 복잡하고 불안정한 운명의 주인이다. 그런데 사태의 핵심은 이러한 한 묶음의 정리된 평가가 아니라, 난수표나 죽음, 넝마주이나 교정 대상으로 스스로를 표현하는 그 심리적 저변이 무엇을 언표하는가, 그 단정적 발화법이 얼마나 효율적인가에 놓여 있다. 그것은 이 시를 읽는 독자 개개인의 눈과 마음에 부딪치는 전파력의 강도와 관련이 있으며, 시인의 겸양과 자책, 사고력의 깊이와 자기 검증의 진솔성 등 창작심리학적 미덕과 결부된다.

시인의 오감에 작동하는 우주자연 삼라만상의 여러 양

태는, 그 뒤편에 어떤 숨은 원리나 절대적 손길이 존재함을 반복적으로 환기하는 형국을 이룬다. 감정의 정직성이나 영혼의 맑은 울림을 핍진하게 동반하고서야 비로소 열릴 법한 시의 지경에 그는 조심스럽게 그 발을 들여놓는다. 그의 정신적, 사상적 전력에 대해 견문이 없는 필자로서는, 이를 그의 시심이 가진 자기 정진의 고투와 그 숙성에 기대어 간주할 수밖에 없다.

1) 어떤 보이지 않는 눈에 우리 또한 아름다울 수 있을까

—「자벌레」 전문

2) 누가 자꾸만 텅 빈 나의 맨 뒷장을 찢어 가는 걸까

—「에필로그」 전문

위의 두 시에 잠복한 "어떤 보이지 않는 눈"이나 "나의 맨 뒷장을 찢어 가는" '누구'는 종교적 성향의 절대자라기보다는 우리 삶의 현장에 불가시(不可視)의 질서로 편만한 중심 원리로 보는 편이 옳겠다. 그에게 「운주사 천년와불」이나 「황룡사지」나 「쌍계사 벚꽃길」이나 「직지사 우체국」 같은 시편들이 있어 불교에의 관심과 경도를 짐작 못 할 바 아니나, 이를 굳이 종교적 도그마로 구속할 필요가 없어 보인다는 말이다. 그러나 자신의 삶을 규율하는 어떤 절대적 손길을 느끼는 자가 보다

낮은 자리에서 보다 많이 깨우치는 것은, 장구한 인류 역사를 관류한 보편적 진리였다. 대신에 그가 시의 소재로 선택하는 대상들은 자유분방하고 폭넓고 호쾌한 열린 시각 아래에 있다.

1) 하늘 한끝 잡아 마음에 획을 긋다

—「제비갈매기」 전문

2) 이곳은 우주 귀퉁이 그리고 또 한복판

—「냉이 꽃」 전문

3) 나나 재나 날갯짓만 요란하다니까

—「하루살이」 전문

4) 멍든 꽃 줍거든 가슴에 심을까요

—「노란 꽃 피거든 앞산으로 옮겨 주세요」 전문

1)과 2), 두 편의 시를 보면, 시인이 자신의 시를 우주 자연의 광활한 공간에 마음껏 펼쳐 두고 그것을 규정하는 잣대 또한 한껏 자유롭게 운용하고 있음을 납득할 수 있다. 제비갈매기가 하늘을 나는 풍경에서 하늘 한끝을 잡아 마음에 획을 긋는 상상력을 발양할 수 있다면, 그의 마음은 하늘을 담을 부피를 향해 인식의 발돋움을

도모한다. 냉이 꽃을 들여다보며 우주의 중심과 변방을 통합해 보는 오연한 기개 또한 그와 같다.

그런가 하면 3)과 4) 두 편의 시를 볼 때, 아주 세미하고 은밀한 대상물이 시적 관심을 부여받아 그 의미의 증폭을 구현해 보이기도 한다. 하루살이와 자신의 인생을 쉽사리 겹쳐 보이고 그것을 자조적으로 언명하는 것은, 그 단명한 삶의 무모함에 대한 관점의 정립이 마무리된 이후일 터이다. 멍든 꽃의 존재가 자신에게 유의미한 가치를 형성하는 것도 그를 매개로 한 비유법의 효용성이 스스로의 내부에서 응당한 청신호를 수신한 경우에 해당하겠다.

이처럼 여러 유형의 시적 인식과 기교를 단출하고 강렬하게 드러내면서, 김민의 시는 그것대로 아주 특색 있는 하나의 노적가리를 이루고 있다. 그 호흡이 짧은, 그러나 긴박한 언어들의 집적 속에는 세상과 대면한 시인의 아픔과 슬픔, 자아에 대한 회의와 자기 증명, 세계를 투시하는 포괄적 시각과 미세한 관심 등 여러 면모들이 혼융되어 있다.

이 시인이 이처럼 다양다기한 언어의 표정들을 넘어서 굳이 하나의 방향으로 추출되는 새 길을 닦아야 할 이유는 없을 것이다. 그러나 그가 앞으로도 지속적으로 시를 써 나가기로 하고 또 그의 시적 장점을 유감 없이 발휘한 이 시집의 단시들을 넘어서 더 유장한 사유의 공간을 확

장해 나갈 요량이면, 계속되는 창작의 현장에서는 집중된 관심 분야를 설정하거나 그 분야를 딛고 나아가는 시적 미래의 전망을 보다 적극적으로 탐색해 보았으면 하는 후감이 있다. 물론 이는 그의 단시들이 보여 준 성과에 대한 미더움과 기대에서 말미암은 의견이다.

3 더 광활한 시의 땅에서 그를 만나기 위하여

우리 문학의 시조가 그러하고 일본의 하이쿠가 그러하듯이, 짧은 시행으로 이루어진 시들은 근본적으로 그 시에 담을 생각의 절제를 앞세우는 데서 출발한다. 짧은 만큼 촌철살인(寸鐵殺人)의 묘를 가진 언어의 조합이 존중되고 의도적 생략이나 반복, 위트와 유머어의 도입 등 활용 가능한 여러 시적 덕목들이 동원된다. 김민은 그의 시가 위치한 지형도를 민감하게 알아차리고 있으며, 그 단시로서의 특징들을 재치있게 불러오는 데 익숙하다.

1) 왜 당신은 이곳에 서 있는 거요

2) 당신은 왜 이곳에 서 있는 거요

3) 당신은 이곳에 왜 서 있는 거요

4) 당신은 이곳에 서 있는 거요 왜

이 네 편의 시는 모두 「발자국」이라는 동일한 제목을 단 각기 다른 시들이다. 이러한 표현 방식과 의미 범주의 분화를 '말장난' 수준으로 치부해 버리는 경우라면, 이 시인의 내면 세계 또는 시적 인식과 조화로운 악수를 나눌 수 없다. 꼭 같은 단어로 구성되었지만 그 순서에 변형을 가함으로써 강조점이 달라지고 어조와 분위기가 달라지는 그 미세한 차별성에의 감각, 그것이 그의 시 세계를 관통하는 하나의 창작 도구다.

그런데 이 시인이 시적 자아와 세계와의 만남을 그처럼 좁고 한정된 울타리 안에 가두어 두고 이를 치밀하게 관찰하고 해명하는 태도로만 일관했다면, 우리는 그저 어느 정도 독창성을 가진 시인 한 사람이 있었노라고 결론지으면 그뿐이었을 것이다. 하지만 그는 이 단시들의 협소한 공간을 넘어설 출구가 어디인지 명민하게 보아 두었고 그 문을 주의 깊게 열어 두었다. 그것은 축소된 세계의 공간 속으로 바깥 세상의 소우주를 유입하거나 아니면 그 공간이 우주적 상상력의 확장에 잇대어져 있도록 하는 활달한 창작 방식을 말한다.

1) 이보시게, 자네는 정말이지 멋지게 뒤틀렸군 그래

—「하회 삼신당 느티나무」 전문

2) 연밥에 넣어 뒀습니다 나중에 열어 보시길

—「가을」 전문

시인의 사고 유형과 그것의 형상이 범상한 관망의 대상을 두고 우주적 의미를 부여하는 차원으로 진입하지 않고서는, 요컨대 시공의 경계를 넘어서는 열린 인식을 전제하지 않고서는, 이러한 시편들이 생성되기 어렵다. 시행이 짧은 만큼 시의 문면과 제목이 적절하게 상호 조응하는 효과를 내지 않아서도 안 된다. 그의 시는 제목이 곧 시의 내용이고, 시의 내용 또한 제목에 버금가는 형편에 있다. 그러기에 "하늘역에 눈 내리다"라는 시의 제목이 「모래벌판 돌아 나오니 붉은 깃발을 든 역무원이 반가이 묻다 어디서부터 타고 왔냐고」와 같이 훨씬 긴 분량으로 제시되는, 불균형성의 시가 성립되는 것이다.

1) 마음의 그물을 손질하시는 위로 검은 빗줄기

—「아버지」 전문

2) 태양에 담그시는 손 있으니

—「어머니」 전문

누구에게나 그러하듯이, 이 시인에게도 그 무엇과도 바꿀 수 없는 소중한 존재들이 있다. 그의 부모가 그러하고 그의 시가 그러하며 그가 시를 통해 만날 독자들과의 교유 또한 그러할 것이다. 그는 이 소중한 이들을 위하여 시를 써 왔을 것이고 또 써 나갈 것이다. 그것은 아직 광활한 미지의 개척지를 남긴 세계와 그의 시적 자아가 소통하는 경로이자 목표일 터이며, 여러 가지로 어려운 환경 조건에도 이처럼 정제된 시편들을 산출한 그 인간 승리의 개가(凱歌)에 해당할 터이다.

우리는 그의 시 세계가 더욱 유암(柳暗)하고 화명(花明)한 경계를 열어 나감으로써, 자신이 소속된 익숙한 지역을 넘어서 새롭고도 내용 있는 시의 잔치를 매설해 보이기를 요망한다. 이미 하나의 전문성을 증빙한 그 단시의 기반을 상회하여, 풍성한 언어를 마음껏 구사하고 조직화하는 일반적인 시의 제작에 이르기까지, 그 재능을 빛내 보이기를 권유하고자 한다. 그에게 충분한 자격과 기량이 있음을 스스로 입증한 이 시집에 존중과 찬사를 보내는 것도, 기실은 그와 같은 내일의 가능성이 더 귀해 보이는 까닭에서다.

(문학평론가, 경희대 국문과 교수)

김민

1968년 서울에서 태어나 동국대 국어교육과를 졸업했다.
2001년《세계의 문학》에「자벌레」외 4편을 발표하며 등단했다.

길에서 만난 나무늘보

1판 1쇄 찍음 2007년 10월 19일
1판 1쇄 펴냄 2007년 10월 26일

지은이 김 민
발행인 박근섭
편집인 장은수
펴낸곳 (주)민음사

출판 등록 1966. 5. 19. 제16-490호
서울시 강남구 신사동 506번지 강남출판문화센터 5층 (우)135-887
대표전화 515-2000 / 팩시밀리 515-2007
www.minumsa.com

값 7,000원

ISBN 978-89-374-0760-4 03810